शेरशाह

'कारगिल का शेर'

शिवांशु द्विवेदी

क्रम-सूची

प्रस्तावना

यथा संभव हो जहां
तू वक्त का श्रृंगार कर
बड़ा अपने कदमों को
और जीत से विचार कर
मेघनाथ बन जो दुनिया को सुनाई दे
हंसकर ,मुस्कुराकर बस मन यही गवाही दे
वो अदालत चाहे जिसकी तो
वकालत करेंगे फिर हम
जहां ले जाएंगे यह कदम
पद चिह्न वहीं छोड़ आएंगे हम....!!!

1

कैप्टन विक्रम बत्रा का जीवन परिचय

या तो मैं अपने तिरंगे को लहराता हुआ घर आऊंगा या मेरी लाश तिरंगे में लिपटी हुयी घर आएगी लेकिन मैं घर जरूर वापिस आऊंगा ”

विक्रम बत्रा

कैप्टन विक्रम बत्रा भारतीय सेना के एक अधिकारी थे जो मात्र 24 साल की उम्र में पाकिस्तान के खिलाफ लड़ाई करते हुए कारगिल के युद्द में वीरगति को प्राप्त हुए।

उनके साहस और उनके सम्मान को भारत हमेशा याद रखेगा कैसे उन्होंने पाकिस्तानी सेना के छक्के छुड़ा दिए थे और भारत को कारगिल की लड़ाई में एक ऐतहासिक जीत दिलाई थी।

कैप्टन विक्रम बत्रा को उनके साहस की वजह से **शेर शाह** , **कारगिल का शेर** जैसे नामो से भी जाना जाता है। भारत सरकार ने उनकी वीरता के लिए उनके मरणोपरांत उनको भारत के सर्वोच्च और सबसे प्रतिष्ठित वीरता पुरस्कार परमवीर चक्र से सम्मानित किया।

नाम (Name) - कैप्टेन विक्रम बत्रा

निक नेम (Nick Name) - शेर शाह, कारगिल का शेर,लव

प्रसिद्धी का कारण (Famous For) - 1999 के कारगिल युद्ध में उनकीबलिदान के लिए “परम वीर चक्र” (मरणोपरांत) से सम्मानित

जन्म (Birth) - 9 सितंबर, 1974

उम्र (Age) - 24 साल

जन्म स्थान (Birth Place) - पालमपुर, हिमाचल प्रदेश, भारत

मृत्यु की तारीख (Date of Death) - 7 जुलाई, 1999

मृत्यु की जगह (Place of Death) - सरहद क्षेत्र, पॉइंट 4875 कॉम्प्लेक्स, कारगिल, जम्मू एवं कश्मीर, भारत

मृत्यु की वजह (Reason of Death) - शहादत (1999 के कारगिल युद्ध के दौरान)

गृहनगर (Hometown) - पालमपुर, हिमाचल प्रदेश, भारत

शिक्षा Education Qualification - बीएससी चिकित्सा विज्ञान एमए अंग्रेजी (पूरा नहीं हुआ)

स्कूल (School) - डी.ए.वी. पब्लिक स्कूल, पालमपुर, हिमाचल प्रदेश (8वीं कक्षा तक)

सेंट्रल स्कूल, पालमपुर, हिमाचल प्रदेश (सीनियर सेकेंडरी)

कॉलेज (College) - डीएवी कॉलेज, चंडीगढ़

पंजाब विश्वविद्यालय, चंडीगढ़

सर्विस / ब्रांच (Army Service/Branch) -**भारतीय आर्मी**

सर्विस के साल (Service-Years) -**सन 1996 से 1999 तक**

यूनिट (Unit) -13 JAK RIF

युद्ध/लड़ाई (Wars/Battles) -**प्वाइंट 4875 की लड़ाई**

प्वाइंट 5140 की लड़ाई

ऑपरेशन विजय

कारगिल युद्ध

2

कैप्टन विक्रम बत्रा का जन्म एवं शुरूआती जीवन

प्रारंभिक जीवन

पालमपुर निवासी जी.एल. बत्रा और कमलकांता बत्रा के घर 9 सितंबर 1974 को दो बेटियों के बाद दो जुड़वां बच्चों का जन्म हुआ। माता कमलकांता की श्रीरामचरितमानस में गहरी श्रद्धा थी तो उन्होंने दोनों का नाम लव और कुश रखा। लव यानी विक्रम और कुश यानी विशाल। पहले डीएवी स्कूल, फिर सेंट्रल स्कूल पालमपुर में दाखिल करवाया गया। सेना छावनी में स्कूल होने से सेना के अनुशासन को देख और पिता से देश प्रेम की कहानियां सुनने पर विक्रम में स्कूल के समय से ही देश प्रेम प्रबल हो उठा। स्कूल में विक्रम शिक्षा के क्षेत्र में ही अव्वल नहीं थे, बल्कि टेबल टेनिस में अव्वल दर्जे के खिलाड़ी होने के साथ उनमें सांस्कृतिक कार्यक्रमों में बढ़-चढ़कर भाग लेने का भी जज़्बा था। जमा दो तक की पढ़ाई करने के बाद विक्रम चंडीगढ़ चले गए और डीएवी कॉलेज, चंडीगढ़ में विज्ञान विषय में स्नातक की पढ़ाई शुरू कर दी। इस दौरान वह एनसीसी के सर्वश्रेष्ठ कैडेट चुने गए और उन्होंने गणतंत्र दिवस की

परेड में भी भाग लिया। उन्होंने सेना में जाने का पूरा मन बना लिया और सीडीएस (संयुक्त रक्षा सेवा परीक्षा) की भी तैयारी शुरू कर दी। हालांकि विक्रम को इस दौरान हांगकांग में मर्चेन्ट नेवी में भी नौकरी मिल रही थी जिसे इनके द्वारा ठुकरा दिय गया।विक्रम के पिता गिरधारी लाल बत्रा एक सरकारी स्कूल में हेडमास्टर थे और उनकी माँ कमल कांता बत्रा भी एक स्कूल में अध्यापक थी।

पिता का नाम (Father's Name)गिरधारी लाल बत्रा (सरकारी स्कूल में प्राध्यापक)

माता का नाम (Mother's Name)कमल कांता बत्रा (एक स्कूल टीचर)

भाई का नाम (Brother 's Name)विशाल बत्रा

बहन का नाम (Sister's Name)सीमा एवं नूतन

मंगेतर का नाम (Fiance 's Name)डिंपल चीमा (1995 – विक्रम की मृत्यु तक)

3

कैप्टन विक्रम बत्रा की शिक्षा

विक्रम बत्रा ने अपनी शुरुवाती पढ़ाई हिमाचल प्रदेश के पालमपुर में स्थित डी.ए.वी. पब्लिक स्कूल से की उसके बाद उन्होंने पालमपुर में ही स्थित केंद्रीय विद्यालय में दाखिला ले लिया जहा पर उन्होंने कक्षा आठवीं से कक्षा बारहवीं तक की पढ़ाई की।

केंद्रीय विद्यालय में पढ़ाई के दौरान वह टेबल टेनिस खेला करते थे जिसमे उन्हें पढ़ाई से ज्यादा महारत हासिल थी। विक्रम का केंद्रीय विद्यालय आर्मी क्षेत्र में होने के कारण वे प्रतिदिन आर्मी की ट्रेनिंग,अनुशासन वगैरह देखा करते थे जिसकी वजह से विक्रम के मन भी आर्मी होने की इच्छा जागी।

चंडीगढ़ के डीएवी कॉलेज में पढ़ाई करते विक्रम बत्रा

बारहवीं कक्षा तक की पढ़ाई पूरी करने के बाद विक्रम ने चंडीगढ़ के डीएवी कॉलेज में विज्ञान विषय में स्नातक पूरी करने के दाखिला ले लिया।

साल 1995 में चंडीगढ़ के डीएवी कॉलेज में विज्ञान विषय में स्नातक पूरी करने के बाद विक्रम ने अंग्रेजी में एमए करने के लिए पंजाब विश्वविद्यालय, चंडीगढ़ में दाखिला लिया जहाँ पर वे कंबाइंड डिफेंस सर्विसेज (CDS) की भी तैयारी करने लगे।

4

कैप्टन विक्रम बत्रा करियर

जब विक्रम बत्रा ने डीएवी कॉलेज में दाखिला लिया था तभी से उन्होंने भारतीय सेना में भर्ती होने का मन बना लिया और अपने पिता को अपने इस निर्णय के बारे में भी बता दिया था की वो सेना में भर्ती होना चाहते है।

डीएवी कॉलेज में पढ़ाई के दौरान वे एनसीसी के एयर विंग में शामिल हो गए.उन्होंने एनसीसी के एयर विंग को ज्वाइन करके पिंजौर एयरफील्ड और फ्लाइंग क्लब में 40 दिन की ट्रेनिंग हासिल की।

विक्रम को एनसीसी का सबसे बड़ा 'C' सर्टिफिकेट मिला और NCC में विक्रम बत्रा को "कैप्टन" का रैंक दिया गया

एनसीसी के सबसे बढ़िया कैडेड चुने गए थे जिसके बदौलत उनको साल 1994 में 26 जनवरी को एनसीसी कैडेट के रूप में परेड में शामिल होने मौका मिला था।

साल 1994 में विक्रम को हांगकांग में मर्चेन्ट नेवी की नौकरी मिल रही थी लेकिन उनको भारतीय सेना थल सेना में भर्ती होना था इसीलिए उन्होंने इस नौकरी को ठुकरा दिया।

साल 1995 में चंडीगढ़ के पंजाब विश्वविद्यालय में अपनी पढ़ाई के दौरान विक्रम दिन में एक ट्रैवल एजेंसी में काम किया करते थे और रात के समय कंबाइंड डिफेंस सर्विसेज (CDS) की तैयारी किया करते थे।

साल 1996 में विक्रम CDS परीक्षा में पास हो गए और इलाहाबाद में स्थित सेवा चयन बोर्ड (SSB) के द्वारा उनको चुना गया . विक्रम को

भारतीय सैन्य अकादमी (IMA) में भर्ती होने का मौका मिला जिसके लिए उन्होंने चंडीगढ़ के पंजाब विश्वविद्यालय की पढ़ाई बीच में ही छोड़ दी।

साल 1996 विक्रम बत्रा ने मानेकशॉ बटालियन (IMA) में दाखिला ले लिया। साल 1997 में विक्रम ने मानेकशॉ बटालियन (IMA) से अपनी 19 महीने की ट्रेनिंग को पूरा किया और उसके बाद उन्होंने IMA से ग्रेजुएशन पूरा किया।

विक्रम की ट्रेनिंग पूरी होने के बाद उनको13वीं बटालियन, जम्मू और कश्मीर राइफल्स में लेफ्टिनेंट के तौर पर चुना गया। 13वीं बटालियन में नियुक्ति के बाद उन्हें 30 दिन की ट्रेनिंग के लिए जबलपुर और मध्य प्रदेश जाना पड़ा।

जब विक्रम बत्रा की 30 दिनों की ट्रेनिंग पूरी हो गयी तब उन्हें 6 दिसम्बर 1997 को जम्मू और कश्मीर में स्थित नगर सोपोर में बतौर लेफ्टिनेंट नियुक्त किया गया।

भारतीय सेना में नियुक्त होने के बाद विक्रम बत्रा ने साल 1998 से साल 1999 तक मध्य प्रदेश में यंग ऑफिसर्स कोर्स किया। कोर्स पूरा होने के बाद विक्रम बत्रा को अल्फा ग्रेडिंग से सम्मानित किया उसके बाद उन्हें वापस जम्मू और कश्मीर में वापस अपनी पोस्टिंग पर भेज दिया।

साल 1999 में उन्होंने कर्नाटक में दो महीने के कमांडो कोर्स किये। कर्नाटक में कोर्स पूरा करने के बाद विक्रम को सर्वोच्च ग्रेडिंग – Instructor's Grade से सम्मानित किया।

विक्रम बत्रा से कैप्टन विक्रम बत्रा

साल 1999 में जब भारत के साथ पाकिस्तान का कारगिल युद्द शुरू हुआ तब विक्रम बत्रा को उनकी एक टुकड़ी के साथ कारगिल युद्द में भेजा गया जहा पर उन्होंने अपनी सैन्य टुकड़ी के साथ साहस का परिचय देते हुए हम्प व राकी नाब जीतकर अपने कब्जे में ले लिया था। उनका यह सहस देख कर कैप्टन के पद पर नियुक्त किया गया इस तरह वे विक्रम बत्रा से कैप्टन विक्रम बत्रा बने।

5

यह दिल मांगे मोर

साल 1999 में कारगिल युद्द दौरान जब कैप्टन विक्रम बत्रा शहीद होने से पहले साल 1999 में कारगिल युद्द दौरान जब कैप्टन विक्रम बत्रा शहीद होने से पहले अपने घर होली के त्यौहार के दिन छुट्टियों पर गए थे तब वे अपनी मंगेतर डिंपल चीमा से अपने सबसे पसंदीदा कैफ़े में मिले।

न्यूगल कैफे

विक्रम से मुलाकात के दौरान उनकी मंगेतर डिंपल चीमा को कारगिल लड़ाई को लेकर विक्रम की जान की चिंता सता रही थी। जब उनकी मंगेतर ने विक्रम को कारगिल सावधानी बरतने के लिए कहा तो उसके जबाब में विक्रम बत्रा ने कहा –

मंगेतर डिंपल चीमा के साथ विक्रम बत्रा

" या तो में अपने तिरंगे को लहराता हुआ घर आऊंगा या मेरी लाश तिरंगे में लिपटी हुयी घर आएगी लेकिन में घर जरूर वापिस आऊंगा "

अपनी होली की छुट्टिया खत्म होने के बाद विक्रम ने वापस से जम्मू कश्मीर बटालियन को ज्वाइन कर लिया।जब उन्होंने वापस अपनी बटालियन को ज्वाइन किया तो शाहजहाँपुर, उत्तर प्रदेश की ओर जाने के लिए कहा गया उनकी बटालियन ने 8 माउंटेन डिवीजन के 192 माउंटेन ब्रिगेड के तहत जम्मू कश्मीर से आतंकवादियों को मार गिराया उसके बाद उनकी बटालियन को वहा से निकलने के आदेश दे दिए गए।

द्रास सेक्टर ,लद्दाख जिला

पाकिस्तानी सेना ने द्रास सेक्टर में ऑटोमैटिक हथियारों के साथ कब्ज़ा किया हुआ था। द्रास सेक्टर ,लद्दाख जिले में 5140 चोटी पर बसा हुआ एक हिल स्टेशन है.

5140 चोटी पर विजय

20 जून 1999 में कमांडर डेल्टा कंपनी के कैप्टन विक्रम बत्रा को पॉइंट 5140 पर ऑपरेशन VIJAY के दौरान को हमला करने के लिए एक बड़ी जिम्मेदारी सौपी। कैप्टन विक्रम बत्रा और उनकी टुकड़ी ने बहुत ही साहस के साथ चार आतंकवादियों को मार गिराया और 20 जून 1999 को सुबह तीन बजकर 30 मिनट पर अपनी टुकड़ी के साथ इस इलाके पर कब्ज़ा कर लिया

यह दिल मांगे मोर

20 जून 1999 को सुबह तीन बजकर 30 मिनट पर 5140 चोटी पर विजय प्राप्त करने के बाद उन्होंने रेडिओ के जरियेअपनी जीत को लेकर अपना प्रसिद्द डायलॉग रेडिओ पर कहा " यह दिल मांगे मोर ".

इस जीत के बाद और अपने प्रसिद्द डायलॉग की वजह से वो भारतीय सेना के साथ साथ पूरे भारत के लोगो के दिलो में छा गए।

कारगिल का शेर

पॉइंट 5140 पर ऑपरेशन VIJAY के दौरान विक्रम को एक कोड नेम दिया गया था और उनका कोड नेम था 'शेरशाह'.विक्रम को यह कोड नेम उनके कमांडिंग ऑफिसर लेफ्टीनेंट कर्नल वाई.के. जोशी द्वारा दिया गया था।

उनके द्वारा प्राप्त की गयी जीत से भारत के लोग एवं भारतीय सेना इतनी खुश हुई की उनको 'कारगिल का शेर' का नाम दे दिया। जीत के अगले दिन विक्रम ने 5140 चोटी पर भारतीय तिरंगे के साथ अपनी फोटो खिचवाई को अख़बार में प्रकाशित हुई थी।

4875 वाली संकरी चोटी पर विजय

5140 चोटी पर विजय प्राप्त करने के बाद कैप्टन विक्रम बत्रा और उनकी टुकड़ी को अब 4875 वाली संकरी चोटी पर विजय करने के लिए उन्हें इस अभियान पर भेजा गया। पहाड़ की इस छोटी पर एकदम सीधी चढ़ाई थी और छोटी के एकमात्र रास्ते को पाकिस्तानी सेना ने अपने कब्जे में ले रखा था।

इतनी मुश्किलों के बावजूद कैप्टन विक्रम बत्रा और उनकी टुकड़ी ने एक बेहद ही संकीर्ण पठार के पास दुश्मनो पर आक्रमण करने का प्लान बनाया और इस प्लान के तहत आमने सामने की लड़ाई में विक्रम बत्रा ने पाकिस्तानी सेना के पांच सेनिको को पॉइंट ब्लैक रेंज में मार गिराया।

6

कैप्टन विक्रम बत्रा बलिदान, निधन, पुण्यतिथि

विक्रम बत्रा की मूर्ति

4875 वाली संकरी चोटी वाले अभियान के दौरान पाकिस्तानी सेना से आमने सामने की लड़ाई में उनको कई गंभीर घाव हो गए। गंभीर घाव की वजह से उनका चलना मुश्किल हो गया था लेकिन उन्होंने रेंगते हुए जाकर दुश्मनो की ग्रेनेड फेंक कर उनका सफाया कर दिया

अपनी जान की परवाह किये बगैर विक्रम और उनकी टुकड़ी ने दुश्मनो पर आक्रमण जारी रखा और एक एक करके सारे दुश्मनो को मारते हुए आगे बढ़ते गए

इस लड़ाई में उनके एक साथी को गोली लग गई थी जिसको बचाने के लिए जैसे ही सीधे खड़े हुए दुश्मनो की नजरो में आ गये. एक दुश्मन स्नाइपर द्वारा छाती में बहुत करीब से गोली मार दी गई और थोड़ी देर बाद दूसरी गोली उनके सर नें आके लगी और गोली लगते ही विक्रम अपने उस घायल साथी के बगल में गिर गए और जिसके बाद उन्होंने दम तोड़ दिया और इस तरह वे वीरगति को प्राप्त हुए।

उनकी मौत के बाद उनके साथी बदला लेने की भावना से दुश्मनो पर बुरी तरह से टूट पड़े और 4875 वाली संकरी चोटी को अपने कब्जे में ले लिया।

कैप्टन विक्रम बत्रा बनी फिल्म (Movie)

2003 में कारगिल युद्द के ऊपर आधारित एक फिल्म "LOC कारगिल" बनी थी जिसमे कैप्टन विक्रम बत्रा का किरदार अभिनेता अभिषेक बच्चन ने निभाया था।

2021 की फिल्म शेरशाह में, सिद्धार्थ मल्होत्रा ने विष्णुवर्धन द्वारा निर्देशित और धर्मा प्रोडक्शंस और पेन इंडिया लिमिटेड द्वारा निर्मित एक बायोपिक में बत्रा की भूमिका निभाई।

कैप्टन विक्रम बत्रा सम्मान (Legacy)

पॉइंट 4785 पर विक्रम बत्रा और उनकी टीम के द्वारा विजय प्राप्त करने के बाद विक्रम बत्रा को सम्मान देने के लिए इस पहाड़ को बत्रा टॉप के नाम से जाना जाने लगा ।

उनकी वीरता की याद में जबलपुर की एक छावनी को विक्रम बत्रा एंक्लेव कहा जाता है ।

विक्रम बत्रा के सम्मान में इलाहाबाद के एक हॉल का नाम विक्रम बत्रा ब्लॉक रख दिया गया।

भारतीय सैन्य अकादमी(IMA) देहरादून, मेस का नाम उनके सम्मान में विक्रम बत्रा मेस रख दिया गया।

चंडीगढ़ के डीएवी कॉलेज जहां विक्रम बत्रा ने अपनी शिक्षा हासिल की थी वहां पर विक्रम बत्रा एवं युद्ध के दिग्गजों के लिए एक इमारत बनाई गई है।

विक्रम बत्रा के सम्मान में साल 2019 में दिल्ली के मकबरा चौक और उसके फ्लाईओवर को शहीद कैप्टन विक्रम बत्रा का नाम दिया गया ।

कैप्टेन विक्रम बत्रा पुरस्कार एवं उपलब्धियां

7 जुलाई 1999 को कैप्टेन विक्रम बत्रा के मरणोपरांत भारत सरकार ने उनकी वीरता एवं साहस का सम्मान करते हुए उन्हें भारत के सर्वोच्च और सबसे प्रतिष्ठित वीरता पुरस्कार परमवीर चक्र से सम्मानित किया।

कैप्टेन विक्रम बत्रा के पिता परमवीर चक्र लेते हुए

7

कारगिल के शेर

HONOUR &
REMEMBER
SOLDIERING
CAPTAIN
VIKRAM BATRA
Param Vir Chakra (P)
13 JAK RIF
9 SEPTEMBER 1974 - 7 JULY 1999
VIKRAM BATRA

8

9

मेरी सरकार
I'll either come back after
raising the Indian flag in victory
or return wrapped in it,
but I will come for sure.
Captain Vikram Batra
VIKRAM BATRA
1,000 × 1,000

10

11

12

13

14

15

16

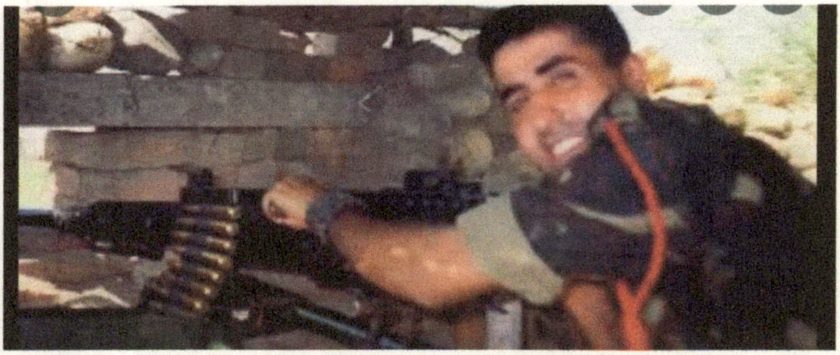

17

18

THANK YOU VERY MUCH
CONTENT BY - Shivanshu dwivedi

* 9 7 9 8 8 8 8 1 5 2 6 9 0 *
FCW - #0283 - 061026 - C0 - 203/127/2 - PB - 9798888152690 - Gloss Lamination